명문시선 1

박 경 림 시 집

3년 후에도 그리워진다면

명문당

3년 후에도 그리워진다면

·

초판인쇄 · 1999년 12월 28일
초판발행 · 2000년 1월 5일

지은이 · 박 경 림
펴낸이 · 김 동 구
펴낸곳 · 명 문 당

등록번호 · 제 1-148호
등록일자 · 1977년 11월 19일

주소 · 서울시 종로구 안국동 17-8
전화 · (02)733-3039, 734-4798
팩스 · (02)734-9209

값 4,000원

ISBN 89-7270-604-3 03810

박 경 림 시 집

3년 후에도 그리워진다면

自序

가능하면 늘 도전하는 자세로 살아보려 억지를
부렸다
끊임없는 갈증과 갈등 속에서 자신에 대한
채찍질로
밤을 밝힌 날들이 많았으며 자연스럽지 못한
삶의 흐름 때문에 길게 고민했던 것 같다

외로워서 썼고 살기 싫어서 썼고 붙잡고 싶어서
썼다면 만족한 대답이 될 수 있을까?

겨울을 재촉하는 바람은 이번 가을에도 불고 있다
무언가를 재촉한다는 것은 가능성을 버리지 못하게
하는 꿈틀거림이라 믿고 싶어진다

돌보아 주시고 믿어주신 모든 분들께 그리움 같은
사람으로 남고 싶다.

차 례

제1부 카페, 중촌 가는 길

제3부 도시에는 하늘이 없다

제4부 겨울 드라마

3년 후에도 그리워진다면

제 1 부
카페, 중촌 가는 길

마침표

선명하게 밑줄 친 문장 끝의 마침표로 찍히고
싶었다
무슨 내용이 담긴 낱말 뒤에 어떤 부호로서
적당한지
띄어 쓰기를 잘 못하는 나는 온전한 문장 속에
끼지 못했다
화려한 식사가 끝난 식탁 위에 접시로서
가능했으며
비오는 날 비닐 우산 속에 받침대를 곧추세워야
했고 수첩 안에 적히지 못하는 불안한 이름으로
겉도는 삶밖에 안지 못한다
내용과 내용을 이어주는 적절한 부사나
조사이면서도
줄 밖에서 기웃거리며 좁히지 못한 간격
밀고 당기는 북새통을 이루며 엉긴 머리칼 헹가래
치지 않은 내용으로 곧게 빗겨 내리고 싶었다
다음 문장을 허락치 못하는 마지막 마침표로

찍히고
싶은 질긴 집착

그 남자

그 남자는 커피를 못 마신다
한 모금 두 모금 남 모르게 줄어드는 속보일까 봐
쓰고 단맛 다 보게 되면
빈 잔의 꽃무늬가 얼룩질까 봐
속이 훤히 보이는 유리잔 속 나리꽃 같은
노란 쥬스만 마신다
둘이 나란히 앉으면 불이 날 것 같다고
승용차 밖을 빙빙 돌며
기다리는 남자
속이 쓰리고 가슴이 타 들어가도
잠시 뜨겁다가 식고 마는 밤 같은 커피는 싫다고
했다
마음 찡하게 차 오르는 소주가 좋아
위경련을 무시한 채 마시고 마는
어눌한 나는
이 시대의 배반자인
그 남자를 알고 있다

편두통

늘 그랬다 긍정과 부정의 톱날 사이에서
맞이하는 것보다
버티어 온 떨치지 못한 잔재들
무료함을 이기지 못한 복권 같은 도시 속을 헤맸다
아직 늦지 않았다고 술렁거리는
넝마 같은 길목에서 옷만 갈아입었다
침묵으로 달려드는
후회를 거듭하면서
사람들과 어울리지 못하는 것도
편견이 심해 외로운 것도
그리움의 늪에서 빠져나가지 못한 오만은 아닐까
주기적으로 스며드는 때묻은 추억앓이를
백신처럼 쥐어주고 떠난 사람
생이 짧을수록 울음이 길다고
뼈 속까지 번져 가는 신열을 호되게 앓고 나면
한동안 전부였던 아픔도 현명해지리라

강 가

당신이 허락한 만큼만
내 몸 키우고 싶었습니다
당신이 허락한 물결만큼
섞이고 싶었지요

내 몸 키워 강물에 섞고서야 알았답니다

안개를 덮고 우는 새벽이 있어야
짙푸르게 깊어질 수 있다는 것

마음놓고 잠길 수 없어
더욱 깊어진 가슴을 안는다 해도
당신에게는
언제나
처음이고 싶었습니다

핸드백

지퍼를 열어 내용 없이 모여 있는 잡동사니들
차근차근 따지며 버려볼까
한꺼번에 거꾸로 들고 쏟아버려?
그래도
손때묻어 희끗하게 미어진 끈을 본다

질기게도 떨어지지 않는 묵은 정

나의 사랑도 그때는
푸른빛 도는 새것으로 다가와
끈끈한 애착 묻혀 갔었지
기다림의 화살표를 따라 스치는
남 모를 무게도 있었지
확인하지 않아도 느낄 수 있는
*기억의 집에 갇히고 싶어 멈칫거리며 뒤척인다

잡을수록 멀어져 가는 끈 떨어진 말들, 술렁 된다

*최승자 시집 제목에서 패러디했음

20

들풀처럼

길을 찾던 새의 깃털 속에서였던가
등짐 진 걸인의 옆구리에서였던가
내 의지대로 뿌리 내리지 못해
스치는 바람에도 흔들리던 씨앗이었을 때

눈길 한번 준 적 없는 나무는
밑동 넓은 옆자리를 내 주었다

나무가 뿌리 내린 흙 위에
물기를 더듬어 피운 잎새들
건강한 넝쿨을 키워 집을 짓고
넉넉한 몸짓으로 열매 맺고 싶었다

나무는 뿌리 깊이 땅을 넓혀 가지만
풀 씨를 터뜨려 욕심을 낸다면
그리움을 묻고 가는 일

네가 부둥켜안은 가지를 놓을 때
홑씨가 떨어진 바다는 동면도 잊고 겨우내 운다

밝음이 버거워지기 시작했다

어느 밝음이 버거워진 날 자동차 번호를 앞뒤에 세
우며 도선사에 오른다 지난 겨울 빙판진 주차장에
서 조깅하는 벌거숭이 여자와 시선을 마주치더니
오늘은 절 입구 천왕문 수문장이 부릅뜬 눈길을 끌
더니 으스스하고 무서워 살살 피해 다녔을 대웅전
법당 구석에서 손 벌려 절을 했다
기도했다
내 몸 비상구 뚫지 못했다
아무도 없다 모두 헛것이다
헛것도 생각 있는 자만의 것
내려오는 길
각오 흐릿한 시작이 두렵다
두려워 오르지 못한 것 아닌데
난데없이 아침 소나기 후둑거린다

몸 살

내가 너에게 무엇이었나
미리 만나지 못했으므로
무턱대고 이름 짓지 못했다
너를 향해 질주하던 거리를
가슴 깊이 묻으려니
벌겋게 달아오른 편도선이 용서하지 않으려
한 방울의 눈물조차 삼킬 수 없게 한다
등짝을 타고 쭈뼛 올라오는 사랑인가 분노인가
밤을 밝힌 충혈 된 눈으로
눈물대신 침을 뱉었습니다

삼십구도 오부쯤에서 이렇게 타고 말 것을
골방 안에 매장시킨 계절이 있었습니다
지옥과 천국을 기다리는 전화벨 소리는
잠긴 창문 사이에서 들려오는
환청이었습니다

어디가 한계인가
어느만큼 이불을 뒤집어 써야 지울 수 있을까

온 종일 쑤셔대는 너의 혼적

통 증

다 버릴 수 없다는 대답

카페, 중촌 가는 길

그린벨트 경계선에 자리잡은
카페, 중촌가는 길
칵테일 맨하턴 속에서 허둥대는
올리브 알의 계면쩍음과
마주 놓인 유리잔에 사각진 얼음 알
혼자 웬 낮술이냐는 눈총이 싫어
두 잔을 마주보게 했다
여름 날 반바지 길이만도 못한
만남을 위하여
재고 또 재보았던 무모함이
진흙처럼 달라붙는
허술한 길을 걸었다
격식차린 만남일수록 내용은 없는 것
시작과 꼬리를 물은 촛불과
반사되어 되돌아오는 빛의
굴절을 따라
잘 어울리는 외모만큼 솔직치 못했던

두꺼운 스침
누그러진 창호지에 기댄 하루와
칵테일 얼음 알이 난처하게 몸을 푼다
유리잔같이 위험한
낮술에 부딪치며

지도가 필요 없겠지요

아무에게도 알려지지 않은 지명 하나
지키고 싶었습니다
하나뿐인 그 거리에 숨겨지고
싶었습니다
해묵은 청사진을 들고 와 호명되지
않은 이름 따지고 들까 봐 까맣게 타
들어가던 밤이었습니다
흐려지는 맹세의 불꽃
무조건 따라 들어섰던 길이 아니라는
변명으로
남의 자리를 내어 줍니다
한때는 잘 어울리게 소풍 나온 사람의
모습도 되어 방황의 심장 서럽게 울린
손가락을 놓습니다
이젠 이미 가고 있는 길에 얹혀
세상 밖을 그리워하겠지요

소풍과 여행의 꼬리에 마침표를 찍습니다

광덕사 가는 길

빛깔진한 자판기 커피 속에서
부스스 흔들리는 새벽
뜬눈으로 지샌 어둑한 눈을 비비며
무조건 따라가고 싶었을
풍경(風磬)끝의 밤을 보낸다

언젠가

짧은 여름밤을 돌아온 이슬에
젖어 본 적 있는가
세월 묵힌 낡은 기왓장처럼
소리 없이 허물어지며
어리석은 인연 잡아본 적 있는가

어줍잖은 이의 발길도 놓치지 않는
광덕사 오르는 길

먼저 보낸 한 마디마저 용서하고 싶은 날

*광덕사 : 천안시 광덕면 광덕리에 있는 절

3년 후의 기도

그 집 앞 교회 십자가 안에
그가 걷고 있다
걸어서 닿을 수 있는 거리에
그가 살고 있다
수직으로 뻗은 막다른 골목
오른쪽 두 번째 집
긴 다리로도 넘을 수 없는
경계의 양철 대문
눈물보다 작아져야 깊숙이
들어갈 수 있는
창문과 창 사이
기웃거리는 상처를 들쳐업고
빌고 빌었던 나의 하느님
당신께 무엇을 원한 적이 없기에
뜨겁게 다가갈 수 있었습니다

새 한 마리

새 한 마리
창살에 발붙이고
온종일 긁어댄다

이 시대의 모습

저주하던 식구가 그리워지는지
물 마시고 하늘 본다

아주 잠깐

어느 시대건 혼자라는 건
별로 보기 좋은 현상이 아니지

제발
나 혼자 내버려 줘

고백 속의 하루

강 북 여 자

서울 중앙에서 한참을 더듬어 찾아야
갈 수 있는 도봉구
시내보다 도로가 거칠어 구두 굽을 빨리 닳게
하였지
마을버스 천장에 머리를 부딪치며 점프를
하여도
강북마을 가는 버스란 글씨만 보면 울컥
해진다며
어디서 본 듯한 맨얼굴과
몸빼 바지의 꽃무늬가 낯설지
않았지
보내지 못한 아쉬움 저 버스에 실려보낸 날이
무수히 많아
내리고 타는 곳이 하나뿐인 문이 열릴 때마다
내리는 이의 모습보다 부산하게 움직이는 신발만
주시했었지
해설 빛 한 저녁에 정류장에 서고 싶다

외부의 숨결 흠씬 묻혀와

보조키 없는 대문을 벌컥 열고 싶다

사방공사
 - 장마

내륙지방에서만 살아 온 사람들은
늘 푸른 바다를 동경했다
여자들만 사는 집에서는
바다와 같이 등 넓은 남자를 그렸다
98년 8월
온 동네가 물 속에서 헤맬 때
새벽 다섯 시 집을 나섰다
흙무덤을 뚫고 올라오는 물줄기
아, 바로 내 앞에서
남자 같은 자동차가 한 대 둥둥 떠내려 갔다
조금씩조금씩 허물어져 갔다
흙탕물
비명 한번 크게 지르지 못하고
잠기는 것
안기는 것
흘러가며 사는 것보다
흘려 보내며 살아야 할 것들

뿌리째 뽑히면서도

가속으로 흘러가는 젊은 너를

가두려 했던 것

비워내는 것보다 보내는 것이 더 가슴 뛰었다

제 2 부
자정에 내리는 비

오늘의 테마는 천재와 위인

청하 한잔에 수다쟁이가 된다
묻지 않았어 가르쳐 주지도 않았지
속 비워내며 뜨겁게 풀어질 수 있는 이유
배합된다
춤을 춘다
풀린 만큼 화려하게
노선 잃은 길에서 저항한다
나의 진술이 분명하게 희석될 때까지
*번뜩이는 특징과 드러나는 결핍으로
나는 천재가 된다
포기한다
알몸 내놓고 질펀해진 파전 속의 생선들
너와 내가 이것도 저것도 아니었을 때
놓지 못한 끈질김
뿌리째 뽑혀서도 푸르게 엉길 수 있다는 것
비릿한 살 냄새 코끝에 걸려온다

요약과 묘사가 흔들린다

*프로이트와 시학 중에서 부분적으로 패러디했음

아웃사이더 OUTSIDER

건조한 목 줄기를 타고 넘어와 빈 속을 파고드는
칵테일의 첫 잔
그 성급함을 무안하게 두지 않으려고 술을 청하는
사람
첫 번째란 언제나 그랬다 가시 거리 없이
다가오다가
제풀에 떨어지는 오토매틱의 원리로
수직으로
다가오는 비가맹자의 불규칙함으로
꿈을 넘어오는 칵테일 빛 여운이 아닌
꿈 저 밖으로 분리되는 과일 쥬스의 텁텁함을
남기고
돌아가는 사람
외곬수인 내가 후퇴 또 후퇴하며 내어준 질서
안으로
깊게 차 들어올 수 없는

우기(雨期)

구름에서 떨어지는 물이 비라면
수증기 사이를 이리저리 부딪치다가
돌아오는 빛이고 싶지 않았다

갈증의 늪에서

물 속의 물질이 빛을 모두 반사하고도
남아 있는 미세한 입자들
그것을 우리는
새털구름이라 부르지

어떤 물방울도 흡수할 태세로

제 눈물 하나 비워내지 못하는 물 입자들
세금 고지서처럼 따라붙는 눅눅함으로
조금씩 커져 빛을 흡수한다면
먼 사정 거리에도 떨어질 수 있는

먹장구름이 된다

부활한 바다

도서관 가는 길

반듯한 2차선 도로를 돌아
힙합바지같이 헐렁해서 위험한
골목길을 간다
봄비 맞은 햇살은 미세하게 풀려 나와
밤새 그리워한 모습들 속으로 얽히는
한적하며 소란스러운 평일 오전
도봉 도서관 문을 넘는다

미숙하다는 것과 모자란다는 것의 경계에서
오늘을 반납하려는 분홍색 배열 좌석표에는
그리운 거리와 '사랑을 위하여' 노래가
확실치 못하게 묻어난다

얼마나 더 찾아가야 닿을 수 있는지
얼마나 깊게 파고들어야 느낄 수 있는지
붙잡기 전에 뒷모습 보이던 이도 골패인 나무
의자에

기대어 잃어버린 그림자를 찾고 있지나 않을까

반란의 통로를 훔친 자도 잃어버린 이도
대신 건너 줄 수 없는 곳에서
너를 향해 갈 수 있는 길 아직 찾지 못했다

도서관에서
- 하얀 얼굴의 그 아이

한때는 끔찍이 소중했을 기억 밑에 줄을 긋고
돌아서다 멈추어 섰던 허름한 골목 어귀에서
달빛 머금은 얼굴의 아이를 보았다

밤이슬 촘촘히 흩어져 되돌아가야 할
옷깃을 풀고
떠도는 어둠도 나누어 갖자고
밤새 피우며 지폈을 고통의 숫자들과
덮어놓고 치솟던 우격다짐들은
얼마나 많은 연습지 표면을 진리라 우기며
채워갔던가

눈물보다 짧은 생이라는 것 아는지 모르는지
회중시계의 초침 소리는 쉬지 않고 돌고 있다

미치지 않고는 고백 못할 살 빛의 하얀 이유

4월은 시작인데

저승 같은 길을 벗어난
그 골짜기
아직 시작하지 않은 봄이 있었다
도시에서 밀려온 도망자의 봄은
바람에게 주었다
가슴 쓸어줄
너의 억센 손길
널찍한 어깨 갖지 않아도
휘어질 듯 물기 어린
눈이면
빈들에 핀 풀꽃
이름은 몰라도 좋았다
기억해 둘 필요 없는 골짜기 길은
이정표 위에 얹혀
내가 찾지 않아도
4월은 시작 될 것이다
남겨둔 4월 속을 떠나

봄 내음에 길들여진 고속화도로
노란색 신호등이 내려오고
기우뚱거리는 브레이크가
급정거를 망설이고 있다
중앙선을 넘어
차 머리를 돌려볼까

나머지 가을

햇살 너무 맑아 무너질 하늘도 없다
허술한 빗물까지 키워온 기산 저수지 뒷길에
죄책감 없는 계절 온몸으로 기울고 있다

깊이 빠진다는 건 다시 떠오를 수 있는
고통이 남아 있다는 것
잠기지도 못한 그늘 비워 낸 마른 시간들
서걱이며 휩쓸린다

등 푸르게 들끓던 날들 다 태우지 못해
물결 한발 다가서면
들어서서 잠기는 확신이 아니라
네게서 한발 멀어지는 확인이란 것

제풀에 지지 못한 나머지 것들 (가을) 살얼음에
박혀서도 선명하게 빛나고 있다

미리 온 이별

늦더위 식어간다지만
푸른 잎으로도 떨어질 수 있다는 것
구구 절절 가지에 매달려 잎 키울 때 몰랐을
잡아도 소용없는 추락이 있었다는 것
무성한 수풀 더듬으며 길 하나 터놓았을 때
세웠던 억새풀 같은 집착
제 몸 베인 상처를 키웠다
예감하지 못한 이별이라 속도 높여 왔다는 것
터놓고 손짓해도 좋을 인연들이래야 얼굴 부비며
순리대로 밀려온다는 것
허상의 무늬를 섞은 메마른 눈빛이고서야 볼 수 있
는
황폐한 여러 갈래의 길
허무의 무게로 미치고 있을 가을의 입구에서
물기 마른 추억 더듬어 본다

찢기고 베인 얼굴들 낯선 길 위에
추운 장승 하나 세우고

겨 울

추워했던 게
죄였어
지은 죄도 없이
떨리던 것

네 앞에서만

기 억

이제는 되짚어 내려가지 못할 길 위에 섰습니다
머리 풀은 햇살 길고 높게 꼬리 늘여
허리 잘록한 계곡의 물소리와 살 부비며
흘러갑니다
꽃다지 꽃잎 자리잡고 누웠을 들판과
쑥부쟁이 넓게 흩어지며 골을 따라갈 수 없음은
내가 떠나는 것이 아니라 너를 보내는 것입니다
풀지 못할 인연들 뒤돌아볼 사이 없이 흘러가고
언젠가
흰머리 성성한 끝에서야 갈 수 있다는 그곳에서는
마음속에 흔들리는 바람 식기 전에
아니면
왼쪽으로 돌아가거나
그냥 가더라도
웃자란 목 울대 솔바람에 매달리고 싶어지기 전에
허리 꼿꼿한 깃발로 펄럭이게 하여 주오

다리 너머에

4차선 고속화도로
영동대교 입구는 언제나 대기중이다
뿌리도 모르면서 여유로운 강을 지나
다리를 건너면 이별이라지
옆으로 누운 산 그림자 물빛 속에 누이며
돌아가고픔 쯤에서
이별이라지
치다 남긴 타이프지 속 글자 같은 너와
어디에서 우리가 왔는지 까맣게 몰라도 좋은
내가 있어 행복한
이쯤에서
걸려온 전화 속 컴 선생 같은 현명한 이별도
좋 을 것   같 아

영동대교 입구는 아직도 대기중인데

사 랑

답안지 없는 백지 위를 떠돌다가
너의 구석진 모퉁이에 얼룩지고 싶다

사랑은 주식 같은 것

잊을 뻔했던
없어도 될 뻔한
욕망의 벌레들 깨어난다

거지 같은 몸으로
품어보지도 못하고 해산하고만
천사의 날갯짓

품지도 않은 알은 깨어날 수도 없다

이제 손을 놓고 싶다는 생각
누군들 없었을까
이건 아니라는 의문 끝에서
부활의 절망 뼈시리게
부딪쳐 보았는지

진실을 투자하지 않은 부활이란 없다

3분 세차장

버릴 수도 있다
털어 낼 수도 있지
깨끗이 잊을 수 있다구

미련의 찌꺼기

돌담길

일찍도 아닌
늦지도 않은
어중간한 나이에
왜 하필
다져지다 말아서 엉성한 돌담길을
만났을까
내 너처럼
허락 없이 무너져도 좋을
관계로 견딜 수 있다면
무모하게 던진 용기
청춘 다 갉아먹고도
버틸 수 있다면
돌에 맞아 죽을 일도 할 수 있겠네

자정에 내리는 비

그때도 지금도
넘지 못할 선을 넘어야
네 안에 젖을 수 있었지
조심스럽게
담장을 넘던 그 발로
이젠 커져 한 뼘이 넘는 간덩이를 달고
너를 찾는다
허공을 더듬어 아래로 아래로 가면
뼈가 녹아
천둥 벼락이 타고
녹을 것은 다 녹아
타오른 가죽 사이
비집고 들어설 틈도 없는
두꺼운 낯가죽으로
새벽 날개 홰를 치며
엉긴 날을 풀어놓는다

어차피 조금은

뻔뻔스러워야 젖을 수 있는 자정의 비 소리

제 3 부
도시에는 하늘이 없다

보내는 것들

김종환의 쉰 듯한(깨진 듯한) 노랫소리 다가온다

꿈속에서 아이 하나 낳았네
예쁜 여자 아이 하나 보듬어 키웠더니
그 아이 자라서 내 앞에 섰네
말끔한 숙녀 되어 손 내미네
사 분간만 사 분 동안만
이 노래가 끝날 때까지만 노래말이 돌아설
때까지만

키스하자고

산다는 것은

하루의 계산 속에 시간을 넣지 마
소주잔 철철 투명하게 올라오는 취기같이
이유 없는 이유로
시도 때도 없이 꿈틀거릴 때
너에게 길들여지는 것 또한 유효하지
밥을 먹는 것
시를 쓰는 것
미완의 자유로에서만
허락되지

기차를 탔어, 그냥 달렸지
어중간한 길이의 치마 입은 아주머니
제 모습 포기한 치마와 판탈롱 스타킹 사이의
맨다리
쉽게 침범할 수 없는 거리

우리 지금 거기쯤 와 있지 않을까

도시에는 하늘이 없다

만남과 헤어짐도 지혜로워진 도시에
빈 것으로도 행복한 비닐 백 속을 뒤지면
합동 유세장 같은 허망이 올라온다
시멘트 바닥에 쓱쓱 문질렀던 양심도
회색빛 공기 속에 미아가 되어
서울은 하늘이 없나 보다
부풀대로 부풀어 부둥켜안은 젊음이란 놈은
거짓말 탐지기 같은 떨림으로 희망만 잡으라 한다
꼭꼭 숨어라 머리카락 보일라
감상에 젖어 시를 연구하러 달려오는 문학도를
무엇인가 채워야 할 부분이 남아 있다면
내 안의 나에게 답안지를 주어라
정답 없는 허상을 유죄로 안을 수 있을 때
내가 나의 전부라고 말할 수 있는지

지 금 도 시 에 는 하 늘 이 없 다

장흥 고갯길

후리아 스커트 자락에 살아 있는 장미 무늬만도
못한 오늘이
질퍽거리는
오전과 오후 사이
서울과 경기도를 이어주는 경계의 표시
거리 높게 매달려 있다
고개를 넘는다고 길이 아니듯
경계란 그랬다
등 굽은 산허리쯤에 옷 솔기 가로 눕히며
황톳빛 짙게 물들던
아직은 미열로 남아 있을
거두어 가지 못할 그리움 풀어놓은
너 지나간 자리

기차역 광장

해 어스름이 가로눕는 기차역 광장
고장 난 시계탑 허리에
얼룩진 고향 잠시 걸어두었다

목숨 버릴 만큼 애틋했던 사람
한 걸음에 떼어놓던 들녘
마음에 안고는
도시의 풋사랑에 얹혀
혼란스런 숨을 쉬지 못한다

마른버짐같이 번져 가는 상처의 딱지
속에서도
처절하게 밀어내던 생살의 침묵은
모든 것 다 잃고 난 뒤에야
정직해질 수 있는 잉큿빛 도시
그 도시를
먹이 좇아 모여드는 비둘기 떼처럼

동경했던가

만남과 이별이 서 있던 자리 넓기도 해라
떠나지 못해 멍든 자리와
허물로 남기에
내용 없이 타오르던
기다림의 차표를
왕복으로 풀어주고 싶다

노천 카페

노천 카페에 들어서서 자리를 잡으면
푸른빛 컵 속에 들어 있는 물 한 잔이
나온다
그래도
네 안에서 푸르게 두근거릴 때
존재의 의미가 있었고
*'사랑을 위하여'가 기다렸었지
그럴 듯한 변명 다 드러난 가을 들판
저기 걸어오는 이의 걸음걸이
재빠르게 가로채는 물기 어린 시선
아직 남아 있는지?
북적대던 카페 입구에
원고지 칸 같은 미래와
셀프 서비스가 매달리고
머그잔 가득 두껍게 부어지는 슬픔 속에
가끔씩

네가 올 것 같은 잔물결이 일고 있다

다시 봄은······

소리 내어 울지 못한
마른버짐 껴안고도 너는 다시 돌아왔다
현란했던 향기 등 보이며 떠났던
그 길로
허술한 양철지붕 벽난로 옆에서도 펴지 못했던
그렁한 얼굴 멋쩍은 고개 내밀며
조금은 낯설어진 숨결로
내 손길 무르 익힐 텃밭 같은 설레임으로
이제
빈 껍질로도 넉넉한 자유의 밭에서는
누구라고 이름 지어 부르지 말자

강촌에서, 봄 소식

우리 지금 어디쯤에
서로 다른 강물 안고 와
할 소리 못할 소리 섞어가며 알몸으로 길 터놓는가
잎새 엷은 안 초록이거나
바람 짙게 든 바깥 초록들
흘러 온 길 다른 비밀 부추기며
서먹하게 모여든다
잠 깨인 기억 더듬어 다가가도
스며들지 못했던
밤새 닿지 못했던
그 길
분명, 처음은 아니었어
간이역 입 간판쯤은 무시하고 치닫기만 했을
맹목의 열정
서리꽃을 피우고서야 닿을 수 있었던 종착역에선
그대 떠나는 소리 들리지 않았다
그렇게 되돌아오고 있었다

메모지

오래 전
손자욱 담긴
꼬질한 메모지 한 장
얼어붙어
흐르지도 못했던 젊은 날 안은
빛바랜 너
향기 없는 네가 좋아
늙으면 오라던 네가 좋아
기다리다
기다리다 흘려버린 너인데
우연히
아주 우연히
너를 만났다

사랑은

노란 장미 무늬 후리아 치마를 입고
너를 만났다
봄바람에 해를 누이고

하이힐 소리 따라
애인도
여자도
여인도 되어

송진같이 끈끈한 미련
고장난 혈관을 타고
뜨거워지기 전에
너를 다루는 방법쯤은 알았어야 했는데

여자임을 자극하는
밤나무 꽃향기
음산하게 화려한 부정의 냄새

너라는 둥지 속으로 파고들고
떨어지는 노란 장미 한 잎
물들이며 흐르는 사랑이여

우리가 가야 할 곳은 어디

어떤 날 오후

한 잔의 맥주 거품 속에
길게 매달리는 오후
거품 속의 진실은
갈라진 가슴으로 넘긴다

너와의 분명치 않은 시간
얼마나 더 채워야 하는지
판단할 수 없는
흐릿한 길을 따라
마른 새벽에 닿으면
여지없이 들고 일어나고
독사 같은 사랑
심한 갈증만 일으키고

아무에게도 보여주고 싶지 않은 얼굴
비춰도 좋을 너를 찾는다

대낮 늘어진 침대 위에
어지럽게 흩어지는
맥주 거품 속의 나를 눕히며
빈손만 휘젓는 오후

여름의 반란

여름을 갖지 못한 차가운 체온인 나는
쏟아지는 태양으로도 허기를 느낀다
살아서 움직이는 모든 기능이 녹아내리는
짧은 포옹도 습관이 되면
반란의 긴 고통을
투쟁 아닌 투쟁으로
요리할 기술도 영리해져
이브가 되었다가
클레오파트라가 되는 날에도
건강한 너의 그물에 걸려들지
거미줄엔 종(縱)으로 쳐진
보호막이 있는 줄도 모르면서 여름이 간다
짧은 만남이 있기에
길게 눕는 영원을 잡을 수 있다면
기대의 고통이 무수히 자라 사그러질
때까지

뜨겁게 가슴을 태운다

귀신 거미가 내려와 그물을 친다 해도

가을
- 그 길 위에 네가

45° 알코올로도 태우지 못해
너덜너덜 제 몸 말리우는
그 길 위에
양심을 밀어낸 알몸으로
속도 없이 부서진다
긴 시간
얼리고 다졌던
사랑도
그렇고 그렇다고 각혈을 하다
명치끝에 걸린 단어 하나
한치 앞도 내다보지 못하는 너에게 다가간다

울지 않아도 흔들리는 그 길 위에 네가 있다

낙엽

하룻밤 결심이 아닌 듯
서성대는 샛노란 길목이거나
먼 길 돌아온 네가 들어 있다는
*앤솔러지를 받았을
검붉은 열정일 때
그늘진 땅에 떨어져 묻혀도 좋으리

위험한 것일수록
빠져 보아야 느낄 수 있는
침몰의 깊이

짧은 음악의 여운처럼
부패하지 못한 꿈들은
찢기고 구멍난 채
어느 순간 우르르 떨어져
날아가 버리거나
허공에 매달려 헛배를 부르게 한다

타다 말고 흩어지는

재도 못될 최후

*anthology : 명시선집

한 자락의 오늘로, 봄의 시작

그 옛날
어둔 땅밑에서도 살갑게 품었을
너를 보내야 한다는 것
거부하지 못한 입맞춤의 징표로
욱신거리며 젖어드는 너를 묻으며
더 이상의 비상은 꿈꿀 수 없다는 것
거리의 깃발과 하늘이 무턱대고 펄럭인다
아직은
옷깃 한 솔 풀어헤친
기억으로 매달리고 싶다

나의 서울

말도 많고 탈도 많은
서울 땅에 내려온 지
이십 년이 웃돌고도 남는데
뿌리도 못 내리는 나는
11층 꼭대기 아파트에 매달려 산다
무엇이 죄인지도 모르면서
오고 있을 사람아
우리가 서야 할 곳은 어디…….

제 4 부
겨울 드라마

우리 가스명수 하나씩 마실까

자물쇠를 채운 미로의 방안
유리벽에 차 오르며
유산되어 가는 미세한 분열
마리화나같이 넘실거리는
화려한 타협
옆눈 돌릴 겨를도 없이
그 하나를 삼킨 벌로
급성장염이라니
두려운 프로포즈로 매달리던 목숨들
애절하게 널부러진다
종횡무진 뒤엉키던 통과의례
뒷목이 뻣뻣하도록 자폭하는 물방울들
죄여 오는 통증에게 최면을 건다
이런 아픔 이번이 마지막일 거라고
끓어오를 오기도 없는 하루가 길다

*약 : 어떤 물질이나 물건에 들어가 그 바탕의 변화를 일으키게
 할 계기가 되는 물건, 즉 술·아편·누룩 따위

마차와 아버지

마차에 올라
황소를 모는 아버지 등에 대고
바퀴가 뒤로 가고 있어요
앞을 보고 앉으면 눈발이 눈에 들어가니
뒤로 돌아 앉으라 하셨는데
투정을 했다
그 눈발 다 녹기도 전 결사 반대하는 결혼도
겨울에 했다
개과천선할 듯 우겼다
바퀴에 걸려 뭉개질 줄 알면서도 춤을 추며
날아드는 눈송이
무던하게 포기해 주시던 아버지 눈물

마른 입술 갈라지는 소리
해장국 한 사발에 걸쭉하게 내려앉는 과거
가을 운동회가 끝난 저녁 아버지 등에 업혀
함께 가던 달빛과

뒷걸음질치며 팔려가던 황소의 흐린 눈물

나의 눈물

겨울 드라마

엇갈린 듯하다
곰살맞게 발 맞추며 살갑던 소리들
흐르면 흐를수록
넓어지면 넓어질수록
밀리지 않으려고 섞이지 않으려고
비릿하게 북적대었을 거부하지 못한 날들
거품 속으로 사그러들고
모래가 밀어낸 짜디짠 파도에 섞여
깊숙이 운다
파도가 뻘밭 위에 올라
헤픈 웃음 하얗게 토해내면
깊이 들어 찬 물밑 허기마저 비워내면
눅진한 세월 하나 내려와
어느 한순간 풀어질 소금 꽃으로 피어난다

파도에 섞인다고 바다가 되는 것은 아니다

연인

엽서에 적지 못하는
느낌으로만 확신할 수 있는
열정
행여, 사람 들끓는 곳에서 마주치게 되거든
인상 바꾸며 못본 척
딴청을 피워야 한다

거름 주지 않아도
뿌리째 흔들며 솎아 내 주지 않아도

미루나무보다 더 커버린 사랑

동숭동

친구와 약속하고 대학로 가는 날은
첫사랑하는 마음입니다
몸 풀어 다지고 싶은 소나기 젊음
그렁하게 담아내는 곳에
자존심 버티고 누운 누드 조각 옆으로 불확실한
체온을 덮어봅니다
서툰 간판이 화려하게 흔들리고
사진 속 할머니의 고단한 주름이 겹쳐 있는
오른쪽 전시실엔
엉겨 붙는 세월의 귀퉁이 풀어 말린
투박한 오줌장군 모양의 옹기들이
배를 불뚝 메우고 있습니다
버스를 기다릴까
지하철을 탈까
혼란스럽게 멀어지는 골목 어귀에서는
사그러들어도 좋을 추락도 있지만
더 외롭지 않으려고 제 살 파고드는 가시를 불러

가지를 키워봅니다

어리석은 내가 시를 쓰는 것같이

바다와 뭍

- 을왕리 섬에는

시속 40㎞의 포장 도로에서 멀미를 했다
멀미보다 더 울렁대며 망설여지는
너에게로 가는 길

소금보다도 짠 노동의 땀을 푸짐하게 퍼내 주며
뼈대 잃은 눈물을 섞어 입덧하고 싶었을
해묵은 갯벌과
썰물에 스며드는 질척한 삶의 구멍들
키 낮은 담장 밖으로 손 뻗친 찔레꽃 속으로
파고들어도
대 이을 분신 하나 얻지 못하는
거품 속의 달(月)만 채워 간다

그래도
내 안의 뜰에서 풀무질하는
뭍을 향해 부서진다

석모도

이름 모를 된장 잠자리로 살고 싶다고
쪽빛 하늘 모두 가져가자고
갈매기 떼 끼룩끼룩 뱃머리 멍들게 울어도
바다와 뭍은 하나일 수 없다

버거워지는 물결 살 베고 섞어가도
풀 속에 헤쳐 놓은 닿지 못할 시퍼런 욕망
낯설지 않게 차 올라

도시를 잠재운 이곳에서도
바다라 했지요
뭍이라 했지요

수신 방법

그에게서는 싸구려 티가 안 난다
그렇다고 귀족적 품격도 갖추지 못했다

그는 공중전화 동전 떨어지는 소리를 들려주며
전화를 건 적도 없는 것 같다
엘리베이터 공포증이 있는 그는
걷기를 즐겨 하고 오르기를 게을리 하지 않는다

운동화에 땀이 나도록 뛰어오를 때
숨찬 세상이 보이는지
허공에 매달린 발등에 식은땀이 고이는지
자기 고백에 빠져 우는지

그에게서는 이슬 맺힌 눈을 한번도 본 적이 없다

그의 사무실은 고층 빌딩 맨 꼭대기 층이다

그는 조용한 몸짓으로 나를 끌고 간다

고장도 아니면서 보내지 않는 통신 방법이
문제였어

눈사태

삼포 코레스코 콘도 앞에 닿아 있던 바다
미칠 수 있도록 간절해서 비집고 들어설
틈도 없어서
해일이 한 차례씩 일었던 날들이었다

밤 사이 1m가 넘는 폭설이 내렸다
바위 같은 무게로도 소리 죽여 무너질 수 있었다

제 설음 지우며 뻔뻔스러운 모래사장이 있었다

어릴 적 일이다
초가집 마루 기둥에 매달려 징징거리던
스피이커에서 어렵사리 흘러나오던 단막극 "눈사태"
안의 여인이 있었다
도시의 여인과 산골 청년의 만남
얼어붙은 하루가 길었다

겁없이 무너지는 눈사태도 길었다

하나뿐인 마을의 길이 막혔다

고 향 1

한 순간에
등 돌렸는데
친절한
먼 산도
밀어냈는데

웃자란 달개비꽃
먼 산 짊어지고
기다린다

비포장도로
돌뿌리에
온전한 내가 있다

고 향 2

한 뼘씩 줄어드는 내 그림자
한 자씩 커가는 어머니 그림자

안개비 속의 금강산

눈물이 많은 사람은 울 자리에서 울지 못하고
지나치게 아름다운 것들은
제 모습을 바로 들여다보지 못하듯
서로가 서로를 훔쳐보아야 하는 눈치와
상관없다는 듯
겁 없이 제 모습을 버티고 있었다
신이 길러낸 것은 반드시 특수한 땅에 기이하게
솟아나도록
하신다는 옛 선조의 시구가 맞아떨어지는 절경을
따라
내가 너에게 돌아갈 때 가져간 것은 고작 해야
도시락 하나와 검열대에서 승낙 받은(먼 거리를
찍을 수 없는)
카메라와 낡은 망원경뿐이었다
투시경 화면에 나타나지도 않는 식은땀과
우황청심환으로 목을 추기고도 떨고 있는 호기심은
묵은해를 대신하여 등을 적신다

온정리 회색마을에서부터 따라 온 보초병의
눈초리는
불법체류도 아닌 절경에 감탄사를 아끼게 만들었다
자연도 명분 없이 접근할 수 없다는(이곳에서만) 가능한
규칙은 아닐까
서로에게 상처를 내고도 아무렇지 않다는 듯
버티는 이와 지키는 이로 나뉘었다면
유독 버티는 이의
얼굴에 진하게 내려앉은 기미낀 어둠만
대책 없이 다가왔다
안 되는 것도 많은 이곳에서도 이름 붙지 않는
봉우리가 없는
만물상 이야기들은
그날 따라 내린 비 속에서 아우성치며 뒷걸음쳤고
정상에 있는 땅이라도 밟고 가겠다는 사람들로
장사진을 이루며
섞이기 힘든 금강산과 씨름을 했다

22개의 산행 코스 중에서 2개의 코스만 허락받은
우리는
후줄근하게 젖어오는 마음만 이리저리 쏠리며
일백여섯 구비
온 정령 고개만 맴돌고 있었다
다른 나라도 아닌 다른 나라에서

정류장

"방학동"이라고 쓰인 표지 말이 높게 숨을 쉰다
야윈 어깨에 헐렁하게 와서 기댄 뜨내기 도시에서
이십 년이 넘게 떠나지 못하는 집착
지나친 착오일까
불투명한 젊음이 목놓아 울던 길목의 알리바이가
낯설지 않게 버티고 서 있어
까닭 없이도 침묵이 술렁댄다
아파트 벽이 쩍쩍 갈라지도록 숨가쁜 서울의
마지막
숨결이 머물다 돌아가는 곳에
낯익은 어둠이 서슬 퍼런 이별의 자음과 모음을
흡수하며
결핍 많은 이의 집착을 휘감아도
누군가를 태우기 위하여 머무는 정거장이 아닌
누군가를 기다리기 위해 서 있는 정류장이라고
변명하고 싶어진다

자아의 正體性을 위한 길찾기
- 박경림의 시세계 -

박호영

(문학평론가, 한성대 교수)

인간은 누구나가 회한이 있기 마련이다. 과거에 내가 조금만 더 노력을 하였더라면 현재의 내 처지가 이보다는 나았을 터인데 하는 아쉬움을 대부분의 사람들은 갖는다. 어릴 적의 꿈을 그대로 성취하는 사람이 어디에 있으랴. 꿈은 그야말로 꿈에 지나지 않는 것이다. 그러나 과거가 훼손되어 있다고 해서 과거가 부정되는 것은 아니다. 돌이켜보는 자에게 과거는 언제나 부풀어 있다. 오히려 축소되는 것은 현재다. 회한은 그러기에 마음 쓰라린 것이지만 우리의 삶을 충만하게 한다. 박경림 시의 주조는 한 마디로 회한의 토로다. 과거를 돌아보며 그녀는 마음 한 구석이 텅 비어 있는 허전함을 느낀다. 그 허전함은 비단 그녀만의 유별난 감정은 아니다. 어느새 허옇게 샌 머리칼과 굵게 패인 주름살을 보며 세월의 빠름을 한탄하는 것이 우리네의 일반적인 모습이다. 그러나 그녀의 회한은 생각보다 자못 심각하다. 그것은 그만큼 그녀가 지녔던 꿈이 컸었다는 증좌이다. 꿈이 크면 클수록 그 꿈을 이루지 못하는 데에서 오는 회한은 깊다. 우리가 그녀의 시를 이해하기 위해 눈여겨 볼 것은 이 회한의 실상이다.

우리 주위에는 늦깎이의 나이임에도 불구하고 굳이 시를 쓰겠다는 여인들이 많다. 물론 그 중에는 시인으로서의 대성을 꿈꾸며 야망에 부푼 이들도 있지만, 무언가 자신의 가슴속에 그 동안 차곡차곡 쌓아놓았던 감정들을 풀 길이 없어 시로 토해 놓고자 하는 이들도 있다. 박경림은 지금으로 보아서는 후자에 속한다. 적어도 아직까지는 그녀에게 야망이란 없다. 내가 보기에 그녀가 지닌 최대의 장점은 솔직함이다. 솔직함을 지닌다는 것이 일면 쉬운 것처럼 들릴 지 모르나 가정을 갖고 있고, 시인이란 네임 밸류가 붙은 이에게 그것은 그리 쉬운 일이 아니다. 그러나 그녀는 자신을 얽어매고 있는 사회적 구속에 크게 구애되지 않는다. 내가 보기에는 그런 것 같다. 그녀와의 첫 만남을 통해 볼 때에도 대개의 경우 어느 정도 연륜이 있는 여자들은 고상함과 결백함을 내세우며 적당한 거리를 두기 마련인데, 특히 남자와의 만남에서는 그러한데, 그녀는 초면임에도 불구하고 술잔도 나보다 빨리 비웠고 숨길 법한 일도 서슴없이 털어놨다. "격식 차린 만남일수록 내용은 없다"(「카페, 중촌 가는 길」)고 그녀 스스로 얘기하고 있지만 정말 격식이란 것은 그녀에게는 쓸데없는 장식이었다. 이러한 점이 앞으로 그녀의 시인으로서의 가능성을 점치게 해준다. 그렇다면 솔직함 속에서 토로되고 있는 그녀의 회한의 실상은 어떤 것일까? 그것은 한 마디로 사랑의 회한이다. 이 사랑의 회한은 '밀회'를 꿈꾸는 데에서 드러나고 있다.

그때도 지금도

넘지 못할 선을 넘어야
네 안에 젖을 수 있었지
조심스럽게
담장을 넘던 그 발로
이젠 커져 한 뼘이 넘는 간덩이를 달고
너를 찾는다.

- 「자정에 내리는 비」 -

여자임을 자극하는
밤나무 꽃향기
음산하게 화려한 부정의 냄새
너라는 둥지 속으로 파고들고

떨어지는 노란 장미 한 잎
물들이며 흐르는 사랑이여

우리가 가야 할 곳은 어디.

- 「사랑은」 -

엽서에 적지 못하는
느낌으로만 확신할 수 있는
열정
행여, 사람 들끓는 곳에서 마주치게 되거든
인상 바꾸며 못본 척

딴청을 피워야 한다.

- 「연인」 -

   이들 시에서 우리는 밀회를 꿈꾸는 그녀와 정면으로 마주친다. 넘지 못할 선을 넘어야 젖어드는 사랑, 사람 들끓는 곳에선 인상 바꾸며 못본 척 딴청을 피워야 하는 사랑, 그것은 분명 떳떳한 사랑은 아니다. 정액의 냄새 물씬 풍기는 밤나무 꽃향기처럼 음산하게 화려한 부정의 냄새를 지닌 사랑이다. 그러나 그러한 사랑에 망설임은 없다. 이미 그녀는 대담해져 "한 뼘이 넘는 간덩이를 달고" 상대방을 찾고 있다. 이 사랑의 고백을 우리는 어떻게 받아들여야 할까? 독자를 향한 고해성사인가, 위장적 진술인가? 선뜻 어느 한 쪽을 택할 수가 없다. 둘 다 아닐지도 모른다. 다만 한 가지 분명한 것은 그녀가 실제로 밀회를 했느냐 안 했느냐를 떠나 그녀의 사랑의 이력 속에는 사랑의 회한이 가슴 깊이 맺혀져 있다는 것이다. 하기야 사랑의 회한을 간직한 이가 어찌 그녀뿐이랴. 많은 사람들이 완전히 합일된 사랑을 하지 못해 불만족한 가운데 사랑의 갈증을 감내한다. 그들은 저마다 육체적이기보다 정신적인 사랑의 대상, 찰나적이기보다 영원한 사랑의 대상, 현세보다는 내세에서의 사랑의 대상을 꿈꾼다. 그런 점에서 보면 우리가 그녀의 밀회의 모습을 엿본다기보다 그녀가 밀회의 여러 모습을 적나라하게 파헤쳐 보임으로써 의도적으로 밀회의 소중함을 우리에게 깨우쳐주는 것은 아닐까? 사회적인 지위와 권위 때문에 위선의 가면을 쓰고 있는 우리에게, 진실한 사랑을 원하면서도 밀회란 엄두조차 내지 못하는 우리에게, 인간다운 솔직함을 내보이라고 교시하고 있는 것은 아닐까? 척박한 이 땅에 살면서 사랑에 목마른 자들에게 목을 축이라고 물을 내미는 것은 아닐까? '밀회'는 다음과 같이 대담하게 얘기되기도 한다.

일찍도 아닌
늦지도 않은
어중간한 나이에
왜 하필
다져지다 말아서 엉성한 돌담길을
만났을까
내 너처럼
허락없이 무너져도 좋을

관계로 견딜 수 있다면
무모하게 던진 용기
청춘 다 갉아먹고도
버틸 수 있다면
돌에 맞아 죽을 일도 할 수 있겠네

- 「돌담길」 전문 -

돌담길이란 인위적으로 매끈하게 포장된 길이 아니다. 안전이 보장되지도 않는다. 돌로 쌓은 담이 언제 허물어져 그나마 엉성한 길이 길의 모습을 잃게 될지 모른다. 그러나 돌담을 끼고 형성된 돌담길은 애초부터 이러한 위험과 불편함을 전제로 생겨난 길이다. 어느 누구도 돌담이 허물어져 길이 막혀버렸다고 해서 불평을 하지 않는다. 시인은 허락 없이 무너져도 좋을 돌담길을 부러워한다. 자신도 어느 순간 좋은 사람이 나타난다면 돌담길처럼 무너지고 싶은 심경이다. 그러나 '허락'이 문제이다. '허락'이란 무엇인가? 사회적인 제약과 금기이다. 사회적인 제약과 금기가 그녀의 무너지는 것을 용납하지 않는 것이다. 또한 그녀 자신도 "무모하게 던진 용기" 때문에 감수해야 하는 여러 역경을 버틸 것 같지가 않다. 만약 그럴 수만 있다면 "돌에 맞아 죽을 일"도 할 수 있을 텐데 그렇지를 못하다. 이것이 '한 뼘이 넘는 간덩이'를 달고 있는 그녀의 딜레마이다. 여기에 그녀의 인간적인 고민과 모럴이 있다. 이런 그녀의 모습을 보고 있노라면 마치 「메디슨 카운티의 다리」에 나오는 여주인공의 갈등을 보는 듯하다. 이 영화가 많은 사람들에게, 특히 중년을 넘긴 여인들에게 감동을 준 이유는 누구나 마음 한 구석에 숨겨 놓은 진정한 사랑을 그녀가 성취했기에 대리만족을 느꼈기 때문이다. 어느 누구도 죽은 후에나마 뼈 가루로 뿌려져 영육합일의 사랑을 성취하려는 그 여인에게 돌을 던지지 못한다. 마찬가지로 허락없이 무너져도 좋다면, 무모하게 던진 용기를 계속 버틸 수만 있다면 돌에 맞아 죽을 일도 할 수 있다는 박경림의 대담하고 솔직한 고백 앞에 우리는 어떤 비난의 언사도 늘어놓지 못한다. 그리고 이러한 고백은 사실 또 다른 '시적 허용'이기에 그녀의 행위의 진위 여부를 캐는 것은 아무런 의미가 없다.

그러면 그녀는 가슴에 맺힌 회한을 무엇으로 푸는 것일까? 술과 여행으로 푼다. 술은 칸트의 말대로 마음의 솔직함을 운반하는 물질이다. 그래서 그녀는 "마음 찡하게 차오르는 소주가 좋아 위경련을 무시한 채"(「그 남자」) 술을 마시기도 하고, "거품 속의 진실"이 좋아 "한잔의 맥주 거품 속에 / 길게 매달리"(「어떤 날 오후」)기도 하며, "청하 한 잔에 수다쟁이"(「오늘의 테마는 천재와 위인」)가 되기도 한다. 솔직함을 추구하는 그녀에게 술만큼 절실한 것은 없다. 술을 마시면 서 가식을 없애고 속내를 드러내 보이게 되면 가슴 깊이 묻어둔 회한은 풀리게 되고 그로부터 그녀는 카타르시스를 얻게 된다. 흔히 여인들이 카페에서 칵테일 잔을 홀짝거리고 있으면 겉멋이 들어 그렇다고 하는 사람들도 있지만 술로 모든 것을 잊어버리려는 그녀에게 술이란 없어서는 안될 존재요, 좀더 과장되게 말하면 남은 인생의 또 하나의 반려일 지 모른다.

여행은 사랑의 회한이 있는 그녀에게 더할 나위 없는 위안이 된다. 그녀는 카페로, 섬으로, 절로, 산으로, 서울 근교로 돌아다니며 스트레스를 풀기도 하고 사랑하는 이와의 추억을 떠올리기도 한다. 원래 여행의 설레임은 인간의 본능적인 심성이다. 인간이라면 누구나 어딘가로 멀리 훌쩍 떠나고 싶은 충동을 느낀다. 자기가 발붙여 있는 곳으로부터 낯선 곳으로의 이동, 그것은 현실의 삶에 피곤하여 유토피아를 꿈꾸는 이들을 매료한다. 그러기에 많은 사람들이, 지금은 여행의 원래의 취지가 부정적으로 변질된 면도 있지만, 배낭 여행을 떠나고 관광을 하는 것이다. 그녀 역시 여행의 목적이 이에서 크게 벗어나지를 않지만 사랑의 회한을 풀기도 하고, 그로부터 삶의 철학을 얻기도 한다는 점에서 남다르다. 여행은 그녀로서는 소중한 '일거리'이다. 특히 삶의 철학을 깨닫는다는 것은 시인인 그녀에게 더할 나위 없이 값진 것이라고 볼 수 있다. 가령 그녀는 금강산 여행을 하면서도 "눈물이 많은 사람은 울 자리에서 울지 못하고 / 지나치게 아름다운 것들은 제 모습을 바로 들여다보지 못하듯 / 서로가 서로를 훔쳐보아야 하는 눈치와 상관없다는 듯 / 겁 없이 제 모습을 버티고 있었다"(「안개비 속의 금강산」)고 술회하며, 석모도라는 작은 섬에 가서도 "이름 모를 된장 잠자리로 살고 싶다고 / 쪽빛 하늘 모두 가져 가자고 / 갈매기 떼 끼룩끼룩 뱃머리 멍들게 울어도 / 바다와 뭍은 하나일 수 없다"(「석모도」)고 자신 있게 자연의 모습 속에 내재된 삶의 진실을 말하고 있는 것이다. "우리 지금 어디쯤에 / 서로 다른 강

물을 안고 와 / 할 소리 못할 소리 섞어가며 알몸으로 길 터놓는가"(「강촌에서, 봄소식」), "고개를 넘는다고 길이 아니듯 / 경계란 그랬다"(「장흥 고갯길」)라는 것도 그녀 스스로 여행에서 발견한 철학적 경구이다.

이상의 모든 것을 종합해 볼 때 박경림의 이러한 '몸짓'들—밀회를 꿈꾸고, 그 사랑의 회한을 풀기 위해 술을 찾고 여행을 떠나는 등—은 한 마디로 자아의 정체성을 위한 길 찾기라고 말할 수 있다. 그녀는 자신이 원래 지니고자 했던 모습이 많이 뒤틀린 것을 보고 이를 솔직히 고백하고, 그를 통해 진정한 모습을 되찾고자 노력하고 있는 것이다. 그것은 어느 면에서 보면 자아의 완전한 성취에 대한 욕구이기도 하다. 그러기 때문에 이번 첫 시집에 나타난 그녀의 태도를 나는 긍정적으로 평가한다. 그러나 나에게도 그녀가 '솔직함'을 요구한다면 그녀의 시적 성취에 대해서 불만이 있다고 말할 수밖에 없다. 그녀의 시에는 표현의 절제, 시적 긴장의 배려, 시상의 정밀한 전개 등이 요구된다. 이들은 앞으로 그녀가 보다 나은 시를 쓰기 위해 유념해야 할 사항이다. 진지한 태도로 시작(時作)에 몰두하고 있는

119

시인이기에 꾸준한 정진을 통해 이러한 결점들을 극복하리라 믿는다.